大華出版社——原出版社
蔡登山——導讀

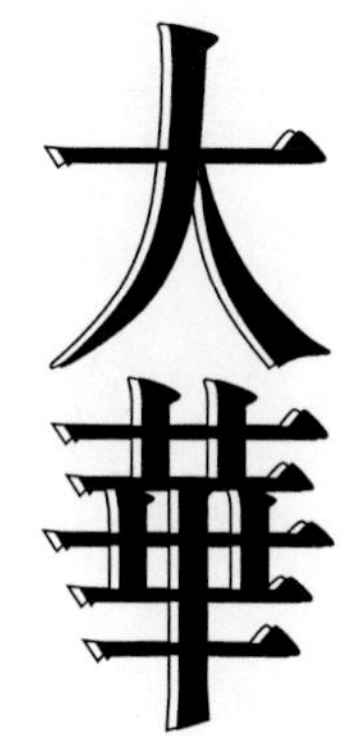

雜誌精選

汪硯小記

乙瑛

大華第二期「汪憬吾筆下之汪精衛」一文，載有民國十一年壬戌（一九二二年）三月，精衛四十歲生日，兆鏞贈以端州石小硯爲紀念，幷系以銘，已詳言之矣。

頃者林熙先生持硯銘拓本見眎，囑余補記一二，辭不獲已。按：汪氏兄弟四人，兆鏞居長，字伯序，精衛行四，名兆銘，字季新，蓋取湯之盤銘日新之義，名字相應，故此硯銘以季弟稱之，時兆鏞六十二矣。

近年本港某報影印精衛宣統二年庚戌獄中親筆供詞，自署爲汪季恂，殆恂新二字音話相近，其不署汪兆銘者，恐連累其兄長耶。

光緒三十年甲辰（一九〇四年），精衛考取留學日本法政速成科，畢業後辦民報提倡革命，時兆鏞居兩廣總督岑春煊幕中，春煊促致書精衛歸粵，爲捐納候補道員，爲捐二品頂戴，委長廣東法政學堂，精衛復以書曰：「事已發作，請絕於家庭，以免相累。家中子弟多矣，何靳余一人，縱之爲國流血，他生相報。家庭之罪入兆銘白」。有謂兆鏞立即入稟番禺縣驅逐逆弟出族者，聞無其事，因此兆鏞不敢去湖南做知縣矣。

此硯銘書法，似非兆鏞手迹，細觀之乃金德樞代書也。德樞字月笙，號希農，浙江杭州人，清光緒始來粵試吏，遂留居焉。工書法，神似趙松雪，喜畫水墨梅花，亦偶有著色者；學其同鄉人冬心先生，故以希農爲號。喜刻印，仿西泠七子，邊款似趙次閑。能鐫竹，刻扇極精，後以傷目力不爲矣。收藏頗富，喜古玉，有漢金環，寶愛如性命，云千金不易也，卒以貧病售去，今藏番禺某君家，近年某君曾以眎余也。

硯銘亦爲德樞所刻，故刀法與其刻印邊款相近。德樞與兆鏞往還至密，曾以豪賢街住宅東隣所典沈氏屋畀德樞居之有年。兆鏞素不善大字，有乞書屏聯榜扁者，輒倩德樞捉刀，時人以曾煥、王文治比之，謂曾書素拙，相傳皆文治代筆。德樞約死於民國十八年廣州華寧里之大吉羊軒中，其少妻幼子亦歸浙，有以爲粵人者非也。德樞長子名焜，字少農，亦能書畫篆刻，而習北碑，與其父異趣，曾居粵久之，返杭以肺病死。兆鏞六十一歲生日，親友製壽屏以贈，一爲德樞所書，一爲焜書，汪金兩家交誼可想見矣。

磨兮涅兮
无隳昭質
兮永視斯
石兮
舊藏小硯贈
季弟四十壽
壬戌三月
兆鏞記

汪兆鏞贈汪精衛小硯拓本

《大華》雜誌精裝復刻本，本圖選自第五期。

當時洋商銀行看見上海銀行也辦國外滙兌，頗為妒忌，時時發出輕視之言論，而上海銀行直接與外國銀行接洽，先從美國入手，並派重要職員，常駐紐約，以便隨時接頭。

有些銀行鑑於上海銀行國外滙兌部辦得很好，且為防國內貨幣不穩定，可以將資金逃往國外（大部份是美國），也有部份銀行設立外滙部，為逃資之準備。

上海的錢莊，也很嫉妒上海銀行，因為該行有一部份完全是錢莊式，用的人會在錢莊做過的，而時時灌輸以新銀行知識，所以錢莊式部門，也辦得比舊式的錢莊為靈活。所以上海有頗多錢莊也就改為銀行式，但不是有限公司組織，東家仍須負無限責任。從這兩三件事看來，可見當日上海商業儲蓄銀行在上海銀行界中影響之大了。

群智社諸子

瑛乙

清光緒三十年甲辰，（一九〇四年），番禺捕屬諸子弟若徐紹楨、徐紹棨、古應芬、姚禮修、汪兆銘、汪祖澤、汪宗洙、汪嶽、朱大符等十五人共結群智社於廣州豪賢街西庵書院中，研究新學，各出其所藏書置於社之圖書館同參考焉。余曾於滬攤購得此照片題曰「群智社同人甲辰攝影」，持示儒符，多作古人，為之慨然，今儒符之逝亦將廿年，惟通甫一人年八十七尚健在廣州，此亦清季廣東一段掌故也。

第一排右起：姚禮脩，字叔約，又字棠醬，番禺人，畫人姚筠子，前清秀才，幼承家學，擅山水、花卉、篆隸書，留學日本習法政，歷充廣東法政學堂教員，廣東法官學校校長。性嗜酒，終日陶然，人以姚三貓呼之，其排行第三，如醉貓云。汪祖澤，字通甫，番禺人，兆鏞長子。廣東武備學堂畢業，留學日本習法政，歸國考取法政科舉人。辛亥廣州光復任司法司副司長，歷充總檢察廳總檢察官，最高法院檢察官，廣東法政學校、法官學校校長。著有「無所思齋隨筆」。

第二排右起：杜之杕，字實石，番禺人，留學日本習法政，歷充廣東都督府參事，廣東法政學堂教員，執業律師，舉為廣東律師公會會長。第二人未詳。徐紹楨，字立三，番禺人，歷充廣州中學，番禺八桂中學等教員。汪宗洙，字涵源，祖澤弟，番禺人。前清秀才，佐廣東水師提督李準幕，奏保為直隸州知州，分發湖北。民國後，歷官至財政部蘇、浙、皖統稅局局長、稅務署署長等職。著「溯忠述感」。第五六人未詳。

第三排右起：汪嶽，字峯岑，番禺人，兆銓子。前清秀才，擅倚聲。民國後，曾任廣州（房產）登記局局長，花縣縣長。徐紹棨，字倚符，番禺人，立三弟。性嗜書，富收藏鄉先哲遺籍，築南州書樓藏之。歷充廣東高等學堂、廣東高等師範學校教員、中山大學教授，廣東圖書館館長。著「廣東藏書紀事詩」。第三四人未詳。汪兆銘，字季新，號精衛，番禺人，兆鏞庶弟。前清秀才，留學日本習法政，為「民報」編輯。歷任（廣東）國民政府主席，（南京）行政院院長、外交部長等職，著「雙照樓詩詞」。朱大符，字執信，原籍浙江蕭山人，久居番禺，留學日本習法政，主編「建設雜誌」，佐孫中山先生主持廣東軍事，一時豪傑皆從之，民國九年被暗殺於虎門。著「朱執信集」。古應芬，字湘芹，番禺人，留學日本習法政，歷充廣東法政學堂教習，廣東政務廳，民政廳廳長，國民政府委員、文官長等職。著「雙梧桐館詩稿」、「古勷勤遺墨」。

《大華》雜誌精裝復刻本，本圖選自第十期。

林熙主編

大華

半月刊 第十一

陳融讀胡漢民詩表微
上海的超社逸社
胡適宋美齡的博士
天宮艷遇
陳少白搶白尤列
張作霖的個性

一九六六年八月十五日出

《大華》雜誌精裝復刻本，本圖選自第十一期。

時的面型是屬於「尖」的那一類，是尖瘦的，溥心畬則面如滿月，相當漂亮。其不相似，凡見過溥儀小時的相片的人，皆能辨之。

更有一有力的證明，「末代皇帝秘聞」下集說這是溥儀六歲的照相，他六歲那年，正是宣統三年，他還是一名皇帝，皇帝是沒有戴翎子的，但這幅照片中，他的帽子後面却拖有花翎。（清制，皇帝不戴翎子，親王亦然，但特賜時，親王始能用。）溥心畬雖然是恭親王奕訢之孫，但他本身並沒有受什麼爵位，那本英文書稱他為「王子」（Prince），當然是胡裏胡塗的。（「末代皇帝秘聞」上集的照片羣中，有一幅題「溥儀和他的父親醇親王」，圖中的醇親王二撇鬚，手握羽扇，「溥儀」垂手侍立。看這個「溥儀」，年約八九歲，其實坐着的那個醇親王，是老醇王奕譞，侍立的不是溥儀，而是後封醇親王的載灃，即溥儀的父親。該書的編者又一次張冠李戴。試思溥儀七八歲時，已是「宣統皇帝」，怎會以「皇帝」之尊侍立在父親之旁同攝一相的？）

我現在又把溥心畬和他的父親載瀅同攝的一相影印於此，為了便于讀者欣賞，特地放得大一些才見得清楚。這幅相的來源與騎馬像同。相下有英文字注明：「已革貝勒載瀅（因為他主張重用拳匪）和他的兒子」。

載瀅是恭親王奕訢第二子。老恭王有四子，三、四兩子先他早死。長名載澂，無子，以載瀅長子溥偉為嗣，襲封恭親王。載瀅出嗣鍾郡王（道光帝第八子）為子，光緒廿六年（一九零零年），因為他在西太后面前大力稱贊義和團，後來竟然因此獲罪，將他的郡王銜貝勒革去，奪爵歸宗。於是他又從鍾王府回到恭王府。（他歸宗後，西太后復於光緒廿八年，以載濤出嗣鍾郡王。載濤乃溥儀胞叔，今年七十多歲，仍在北京擔任公職。）

溥心畬的相貌很像父親，讀者中如果有見過溥心畬的，看見圖中之像，一定會說父子倆長得一模一樣。心畬的父親是宣統元年八月逝世的。因為他是一個革爵的貴族，但到是宗室，清廷對他的身後飾終之典，也要略有點綴，以存溥偉的面子。於是諭內閣云：

監國攝政王面奉隆裕太后懿旨，載瀅現在病故，著加恩照貝勒例賜卹。欽此！

這也算是死後風光風光了。西太后晚年很憎恨老恭王，後來對小恭王溥偉也不喜歡，因此並不重用他，僅給予閒職。她對於載瀅本來頗有好感，但礙於洋人要懲辦擁「拳匪」的人，不得不把他革爵，終載瀅一生，未能復爵，也是吃了洋虧。

溥心畬名儒，生光緒廿二年丙申（一八九六年）七月廿四日，死一九六三年十一月十八日，享年六十八歲。他名叫溥儒，還是皇帝所賜的。（「光緒朝東華錄」載：「郡王銜貝勒載瀅第二子，賜名溥儒」。）他的夫人清媛，是前陝甘總督升允之女，一九四七年死於北平，一年後，溥心畬就離開北平，流落杭州、上海之間，再進一步跟蔣到台北了。他在一九五五年和董作賓、朱家驊等人應南韓之請，前往講學，後來一間不足道的大學贈他一個名譽法學博士的學位，滿足了他晚年的夢想，因此又有人稱他為溥心畬博士。

溥心畬和他的父親

《大華》雜誌精裝復刻本，本圖選自第十二期。

導讀：掌故大家高伯雨和《大華》雜誌

蔡登山

一般人說起「掌故」，無非是「名流之燕談，稗官之記錄」。但掌故大家瞿兌之對掌故學卻這麼認為：「通掌故之學者是能透徹歷史上各時期之政治內容，與夫政治社會各種制度之原委因果，以及其實際運用情狀。」而一個對掌故深有研究者，「則必須對於各時期之活動人物熟知其世襲淵源師友親族的各族關係與其活動之事實經過，而又有最重要之先決條件，就是對於許多重複參錯之瑣屑資料具有綜核之能力，存真去偽，由偽得真……」。因此能符合這個條件的掌故大家，可說是寥寥無幾，而其中高伯雨卻可當之而無愧。

高伯雨（一九〇六—一九九二）原名秉蔭，又名貞白，筆名有林熙、文如、竹坡、西鳳、夢湘、大年、高適、秦仲龢、溫大雅等超過二十五個之多。他是廣東澄海人，祖父高滿華在清道光年間南渡暹羅（泰國）經商辦企業，在新、馬、泰和廣州、汕頭都有商鋪分號，富甲一方。父親高學能（舜琴）是清末戊子（一八八八年）舉人，和丘逢甲同科，後無意仕途，隻身前往日本經商，幾經奮鬥，遂成日本關東地區舉足輕重的華僑巨賈。高家屬下的商業機構有

「元發行」、「元發盛」、「文發行」、「元發棧」、「綿發油廠」等等，業務範圍廣及米糧、煙葉、橡膠、電燈、電話、航運等。高伯雨是高學能的第六子，出生於香港文咸西街高家經營的元發行，他四歲喪父，長兄高繩之（秉貞）只顧着發展自己的自來水公司和電話等業務，無暇打理父親的生意，到了一九一三年高繩之又病逝，高家事業從此後繼無人便日漸走下坡。一九一三年高伯雨在廣州公益中學的附小讀書，後來又轉到德才女子學校，再轉覺覺小學。一九二三年高伯雨入澄海中學，一九二六年六月中學畢業，到日本東京打算投考早稻田大學，九月遭逢母喪，即返廣州奔喪。一九二八年冬，他赴英國讀書，攻讀英國文學，一九三二年未修完學業而回國。先任職於上海中國銀行總管理處調查部專員，同事中有唐雲旌（一九〇八—一九八〇），也就是後來號稱「江南第一筆」的唐大郎，二〇年代後期唐大郎開始給小報投稿，所作詩詞取材靈活，隨手拈來，涉筆成趣，頗受讀者歡迎。一九三六年高伯雨在南京外交部任僉事。抗戰爆發後他抵香港定居，直至一九九二年逝世。

在港期間，高伯雨編過晚報副刊，為報紙寫過稿，也開過畫展（因他曾隨溥心畬習畫，從楊千里習篆刻），更辦過文史刊物《大華》雜誌。但終其一生，可說寫稿為生，一寫就是五十多年，他曾自嘲為「稿匠」。據保守估計他一生所寫文字當有千萬字之多。然而令人遺憾的是，如此龐大的著作，最後結集出版的只有以「聽雨樓」命名的文集五種（一九九八年遼寧教育出版社出版的《聽雨樓隨筆》，還在高氏去世之後），及以秦仲龢為名翻譯的《紫禁城的黃昏》和《英使謁見乾隆紀實》。其他還有幾種雜著，如《乾隆慈禧陵墓被盜記》、《中國歷史文物趣談》、《春風廬聯話》、《歐美文壇逸話》等，但都是戔戔小冊。高伯雨自己曾說，他曾先後三次編選隨筆，都因為出版社解散或稿件遺失而未能出版，「三次受厄，可謂奇遇」。一九九一年，在香港作家小思、編輯家林道群的幫助下，他的子女自費幫他出版了新版的《聽雨樓隨筆》，這也是他生前的最後一部文集。次年一月二十四日，他遽歸道山了。

高伯雨從小就席豐履厚，高家富商多喜歡和文人往還，而當時往來寄食於高家的社會名流非常之多，有晚清翰林，當朝政要，閒居軍閥，一代學者等等，在這些人的耳濡目染之下，高伯雨對於晚清乃至民國之事，當有他獨得之祕。加上他熟讀古代和近代的筆記，尤其收藏明清罕見的筆記有上百種之多。還藏有大量的年譜、日記等資料，我們從他發表在《大成》雜誌的文章如：〈「隨軺筆記四種」中的珍貴史料〉、〈別開生面的年譜（麟慶與「鴻雪因緣圖記」）〉、〈從《張元濟日記》談商務印書館〉、〈程克甲子日記及其有關人物〉，甚至〈從我的日記中看四十年前的香港文化人〉、〈從舊日記談到民國二十一年的上海〉等文章，均可知道他對史料重視之一斑。

好友黃岳年兄說，高伯雨由於他特殊的經歷，他寫的許多事，都是自己親耳聽聞，或親身感受的，再加上他獨特的文筆思路，雖舊人舊事卻寫得意興飛揚，靈動異常。而他腹笥極廣，檔案筆記無所不讀，可說是無一字無來歷，無一事無根據。過人的才情和過人的史識，構成了高伯雨文字氣度嫻雅的底色，信而有徵，讀來有味。難怪瞿兌之說高伯雨的書「必定是讀者所熱烈歡迎的」，「讀之唯恐其易盡，恨不得一部接一部迅速問世，才能滿足我們的貪欲。」同為寫掌故和隨筆，高伯雨與徐珂、黃秋岳、鄭逸梅、劉成禺、汪東、徐一士、瞿兌之、高拜石和後來的高陽等人相比，無疑是最好的之一。而時代的劇變，也使得他成為「最後一位掌故大家」，而後無來者了。

記得高伯雨在辦《大華》雜誌時，曾催生作家包天笑寫《釧影樓回憶錄》，逐期在《大華》連載，最後並為他出單行本。這為包天笑耄耋多病的晚年，贏得不少慰安；而《釧影樓回憶錄》正續兩大冊，也為文壇留下珍貴的史料。高伯雨的高情厚誼，誠屬不可多得。如今在斯人逝世二十週年之際，面對他珍貴的文稿，香港牛津出版社整理出版高氏著作十巨冊，其中多冊是首次結集出版。有的是在《大華》雜誌的、有的是在《信報》的專欄，都屬於較短小精幹的文章。尤其在報紙上的文章若無結集，翻檢是不容易的。編輯家林道群先生的用心，無疑地功不可沒。

當然這還僅是高氏所有著作的一小部分，高氏的重要文章大都發表在《大人》、《大成》、《春秋》等雜誌上，其中在《大人》、《大成》的估計就有二、三百篇之譜，有時一期中同時有署名「高伯雨」及「林熙」的文章；而在《春秋》雜誌的某一兩年間，他寫得甚勤，在同一期上，幾乎用了七、八個筆名，當然都是短文。高氏的長文極具份量，集考證與學術，趣味與史實於一爐。筆者近來涉獵晚清及民國史料，看了數百篇高氏的文章，或長篇大論，或雋永隨筆，筆底波瀾，令人嘆服！難怪香港老報人羅孚（柳蘇）稱讚高氏說：「對晚清及民國史事掌故甚熟，在南天不作第二人想。」而林道群也讚曰：「高伯雨一生為文自成一家，他的

『隨筆』偏偏不如英國的essay，承繼的是中國的傳統，熔文史於一，人情練達，信筆寫人記事，俱是文學，文筆之中史識俯拾皆是。」這是高伯雨的高妙處，也是他獨步前人之處。《聽雨樓隨筆》可稱得上是白話文筆記的一流著作。

《大華》雜誌為高伯雨在一九六六年三月（十五日）所創辦，原為半月刊，出到第四十期起改為月刊，出至一九六八年二月十日的第四十二期停刊；休刊兩年後，至一九七〇年七月一日復刊，改為月刊，稱一卷一期，但又寫總四十三期，表示延續前四十二期。又出到一九七一年七月的第二卷一期，前後共五十五期。《大華》的內容非常豐富，依性質可分為：掌故、人物、藝術戲劇、政海軼聞、生活回憶、文物、詩聯和雜文等類。

高伯雨在《大華》的創刊號上有〈大華誕生的故事〉一文，說創辦起因是在宴會上他聽了朋友江君的一番話：「老兄性耽文史，又喜談掌故，現在有很多人喜歡這類的文章，有好的內容，不愁沒銷路，你不妨考慮考慮。」高伯雨說：「前幾天在公園看見太陽東升，華光四射我覺得很有生氣，眼前一片光明歡樂的氣象。」因此取名《大華》。又說：「目的不在賺錢，只希望能站得住，不必賠本就好，如果要賠，每月賠它七八百塊錢，我還是賠得起的。」於是由高伯雨的妻子林翠寒提供資本，他們預算拿一萬八千試辦一年半載，高伯雨則是約稿、撰稿、編輯、校對、跑字房及印刷廠的打雜都包攬上身，名符其實的「一腳踢」。雜誌又連載一些有價值的絕版書稿，以儘量節省稿費的支出，但也僅能支持十期，幾乎把本錢蝕光。可幸的是高伯雨「出路遇貴人」，而且雜誌也的確編得相當出色，因此得到龍雲將軍的兒子龍繩勳的支持，一下子介紹五百份訂戶，還加入作股東成為督印人，這實在是支強心針。但好景不常，長期訂戶也終會有完結的一天，《大華》出了兩年，到第四十二期，結果還是關門大吉。停刊兩年後，得實業家柯榮欣支持東山再起，督印人換了「柯榮欣」，在一九七〇年一月《大華》復刊第一期（總四十三期）中，高伯雨又寫了〈大華復刊的故事〉，交代重出江湖的事實。結果是撐了一年多，最終還是逃不過永遠停刊的命運。

高伯雨說當時有些朋友向他建議，「他們認為《大華》的風格太高，未必適合一般讀者的胃口，勸我降低一些，多登載趣味性的文字。我多謝他們的好意。但我認為《大華》有它的一種風格，要它一面世就暢銷是絕對辦不到的，只要它有它的固定讀者，我就和他們結文字因緣，也是一件樂事。」正因為高伯雨的堅持而沒有從俗，到今天才能傳世。它保存近六七十年的掌故、名人軼事、史實和祕聞。香港作家許定銘說：「讀《大華》，我特別留意向晚、陳彬龢和蒙穗生，他們的文章不少，份量甚重。向晚是天津南開學校的舊人，曾留學日本帝國大學，一九三五年任職外交部，晚年居香港從事教育，他在本刊發表了〈記黃濔初先生〉、〈記天津八里台二三事〉、〈記許君遠、胡叙五〉、〈閒話乞丐〉……等，尤其分兩期刊出的〈新雙城記〉，記的是香港淪陷前後的生活趣事，讀之笑中有淚。陳彬龢在民國期間長期在文化界活動，與《申報》關係非常密切，他在此處發表了〈前塵夢影錄〉、〈我和申報〉、〈我和偽申報〉、〈我和徐采丞〉、〈留學日本的回憶〉、〈日本侵略中國一段祕史〉……，不單是報界的祕聞，其接觸面之廣，達民國文化界各階層，實在是不可多得的掌故。而蒙穗生則發表過

〈鄧鏗被暗殺的內幕〉、〈陳景華和棺材鋪鬥法〉、〈陳老煙槍殺新聞記者〉、〈胡漢民被蔣扣留始末〉……資料豐富，故事性強兼有趣味，甚具吸引力。其他連載三幾期而受人重視的大文章，有陶拙庵的〈「皇二子」袁克文〉、南山燕的〈半生矛盾的周作人〉、省齋的〈憶知堂老人〉、如冰的〈胡適抗戰時的日記〉、醇廬的〈銀行外史〉、李輝英的〈文學革命第一個十年中的散文〉、容甫的〈哀香港〉、林熙的〈洪深大鬧大光明〉和〈丙午談往〉等，都是擲地有聲的鴻文，絕對不應錯過。」

除此而外，例如單士元的〈清宮的秀女和宮女〉、〈「啞行者」蔣彝教授〉，平步青的〈徐志摩陸小曼富春樓老六打的烏龍官司〉，周志輔的〈談兩個王孫畫家的故事〉、〈清末梨園之三鼎甲〉，簡又文的〈西北軍革命奮鬥史〉，宋春舫的〈宋春舫遊記〉等都是不可多得的好文章。另外《大華》也連載許多有史料性質的書稿，如黃秋岳的《花隨人聖盦摭憶補篇》，《花隨人聖庵摭憶》一書，輯事四二三則，四十五萬言，是黃秋岳多年的心血結晶。該書對晚清以迄民國，近百年間的諸多大事，如甲午戰爭、戊戌變法、洋務運動、洪憲稱帝、張勳復辟均有涉及。內容不僅廣徵博引，雜採時人文集、筆記、日記、書札、公牘、密電，因其身分的特殊亦多自身經歷，耳聞目睹，議輪識見不凡，加之文筆優美，讀之有味，被認為民國筆記中罕能有此功力者。《大華》所連載的，實為此書未見刊行的《補篇》，唯有加上這些篇章，《花隨人聖庵摭憶》一書才堪稱完璧。同樣地劉成禺的《世載堂雜憶》從一九四六年九月十五日開始在上海《新聞報》副刊《新園林》刊登，「一年餘始畢，風靡一時」，該書記錄的內容涉及政治、經濟、外交、教育以及人物等多方面，是研究中國近代史和民國史的重要資料。在上海中華書局出版單行本時由錢實甫整理編輯，選稿甚嚴，有二十七篇文稿，數萬字未曾選入，高伯雨聯絡劉成禺多年好友陸丹林，取得《世載堂雜憶》單行本以外的遺稿連載於《大華》是為《續篇》。我在二〇一〇年將《續篇》補入原有的書稿之後，重新排版，成為「全編本」《世載堂雜憶》，如此讀者當可得窺全豹，而無遺珠之憾矣。

《洪憲紀事詩本事簿注》是劉成禺以史家的眼光和詩人的筆墨，寫出了袁世凱竊國亂政、復辟帝制以及帝制夭折的歷史全過程，同時還紀錄了與這段歷史相關的史實與人物。包括洪憲帝制的方方面面，例如涉及帝制的原因，包括列強的利益爭鬥對中國外交內政的影響、袁世凱的野心、帝制諸人的慫恿；涉及帝制的過程，寫到籌安會、請願團、太子黨等；涉及帝制中的各種人物，遺老、軍閥、進步黨、革命黨等等。《洪憲紀事詩本事簿注》可說是一幅生動的洪憲帝制圖，鉅細靡遺地呈現出當時的圖景。該書於一九三七年由重慶的京華印書館出版，但因當年印量少，雅好詩文之人均聞其書而無法得讀，高伯雨費了九牛二虎之力覓得孤本，遂連載於《大華》供同好欣賞，亦是功勞一件。

另外《大華》由第二期起連載張謇的日記，張謇是中國近代史上一位具有重要影響的人物。胡適在《南通張季直先生傳記》的序中，就曾指出：「他獨立開闢了無數新路，做了三十年的開路先鋒，養活了幾百萬人，而影響及於全國。」張謇是中國近代實業家、教育家。他的日記共有二十八冊，始記於他二十二歲時，直記到一九二六年他七十四歲逝世止。據高伯雨表示，原來張謇的日記分為上下兩半，上半部藏於南通一個文化機關，下半部藏香港，《大華》初期只根據影印資料排印，僅署《張謇日記》，後來知道有原名《柳西草堂日記》的事，故此恢復原名，一直刊登至二十五期為止。

由於高伯雨深知掌故，自己也寫掌故，現在編掌故，自然知道如何取捨，在內容上有相當高的史料價值，這也是《大華》終究成為是同類雜誌中的上品。其前面的四十二期，後來香港的龍門書店曾經翻印過，但至今亦是難尋。至於復刊後的十三期，則更是難見。香港的好友許禮平及許定銘先生在文章中，都說復刊只有十二期，其實我就收有復刊的十二期，卻包括最後一期是一九七一年七月的第二卷一期，因此總共有十三期。我所缺的是復刊的第十一期，感謝香港樹仁大學的區志堅老師的協助掃描寄贈，讓整套雜誌可以完整無缺地復刻出版，一如慣例，我們編定了五十五期的總目錄，附在其上。

目次

《大華》雜誌精選

汪精衛屍體被毀祕記

茹松雪

汪精衛是一九四四年十一月十日死於日本名古屋的，他的黨徒把他的屍體，運回南京，葬於梅花山（明孝陵南面的一個小山，山上種植了許多梅樹）。一九四五年秋間，日本投降，重慶國民政府的大小官員，陸續回南京。在「最高當局」還沒有回京之前，便由陸軍總部主持下，由該部的工兵指揮官、南京市長、南京憲兵司令等，舉行祕密會議，分配工作，決定在一九四六年一月廿一日晚上，炸毀汪墳，把棺材遷移，原地另行建築，免礙中外觀瞻。執行實際工作的，是屬於七十四軍五十一師的工兵營。工兵技術員實地觀察過，估計要使用提恩提（T. N. T）烈性炸藥一百五十公斤，才能全部炸開。未施工之前三天，中山陵與明孝陵之間，斷絕交通，禁止遊覽，無形中成了局部戒嚴。外間不知內幕的，還誤會是又要查搜漢奸。某些曾在敵偽時期，幹過壞事的，惶恐逃避，到處躲藏。爆炸時，在現場監督的有南京市長、七十四軍高級軍官、陸軍總部工兵指揮官等人。

汪墳的設計，表面上是仿照中山陵圖案，而所用的材料多不是普通品，初步預算是偽幣五千萬元。主要工程第一步完成不久，日寇投降，施工也停頓了。爆炸工序分兩個步驟，第一炸開墓的外層鋼筋混凝土部分，第二炸開盛棺的內窨。內窨炸開時，發現一具楠木棺材。揭開棺蓋，屍體上覆著一面青天白日滿地紅旗。屍體身穿的是中式藏青色長袍、馬褂，頭戴西式禮帽，腰佩大綬，即當年所謂文官禮服。屍的面部，略呈褐色而有些黑斑點。由於入棺前使用過防腐劑，因之整個屍體，還能保持完整，沒有腐爛，也沒有什麼特殊異味。棺蓋揭開後，工兵指揮官即指使不必要的人員，暫時退離場地，而由南京市長親自進行棺內全部檢查，主要目的是尋找有什麼陪葬物品。結果，除了在死者的馬褂口袋裡，發現一張長約三寸的白紙條以外，別無其他東西。紙條上用毛筆寫著「魂兮歸來」四個字，下款署名「陳璧君」。據說這張字條，是陳璧君從日本接運汪屍回國時所寫，表示招魂的迷信意思。

本來在南京黃埔路陸軍總部舉行祕密會議時，何總監一再說是把汪棺遷移，而今呢，卻把棺蓋揭開，又沒有提出遷到何處去的計劃。當時參加工作的七十四軍高級軍官丘甲，已覺得非常奇異。工兵指揮官跟著命令工兵營營長把汪棺裝上卡車運走，說是今晚還要把墓地平掉，務使不留痕跡。當時丘甲即對營長說，我們為了負責到底，你當隨同汽車護送一趟，以免途中發生意外，這裡的任務，交由副營長就行了。營長聽了丘的吩咐，領會了指示辦理。

第二天早晨，營長回來向丘甲匯報：昨晚隨同工兵指揮官把汪棺一直送到清涼山，將屍體交付火葬場，只費了半個小時，棺材屍體，全部焚化，並沒有留存什麼。這樣一來，說明了工兵指揮官是執行陸軍總部何總監的祕密指示，按照預定計劃實施；而會議時所說遷移，只是一種的門面話，甚至在同寅之前，也玩弄了這一套手法。

過了半個月，梅花山原日的汪墳地區，完全變了樣，新建了一座小亭，可供遊人休憩。山的南北兩面，也新築了兩條小路，路旁種植了許多花草，四週環境，修繕一新，成了一個郊區綠化地帶。

有人發生這樣的疑問：當時的南京政府，想要毀炸汪墳，本來可以理直氣壯的公開處理，何必鬼鬼祟祟的祕密在黑夜中行事？在表面看來，實在令人費解的事。但有人解釋，嗾使炸墳滅屍和毀墓焚屍的，都是同一戲台演戲的人，只是紅臉白臉的化裝不同，所以成了「此地無銀三百兩」一樣的滑稽。又是作賊心虛，恐怕因此激惱內部，有人出來抽底，只好祕密行事了。

不知怎的，過了一些日子，有一個青年女子，到南京市政府，要求面見市長，詢問汪墳處理經過。市長知道不妙，拒不接見，派了一個姓張的祕書來應付，說是市府只管市政，此事可去問陸軍總部。這個女子到了陸軍總部，大吵大鬧，又哭又罵，圍了許多人看熱鬧。陸軍總部的負責人派了武裝警衛員，命令該女子馬上離開，否則作為擾亂秩序袒護漢奸來處理。至此，這女子見來勢不對，才溜之大吉。傳說這女子是汪精衛的女兒。

最後附說一下，陸軍總部的總監是何應欽，陸軍總部工兵指揮官是馬崇六，南京憲兵司令是張鎮，南京市長是馬超俊，七十四軍五十一師高級軍官是丘維達，七十四軍五十一師工兵營營長是李東陽，還有陸軍總部參謀長蕭毅肅，都是直接主持此事的。

人生幾何

省齋（朱樸）

今年六月十九日星加坡《南洋商報》的副刊上載有一篇署名「文如」所寫的小文如下：

「朱樸之未歸道山。」

偶在書櫥上發見一張舊報，是香港的《新生晚報》，有趙天一所作的「天一閣人物譚」，某日的一個題目是〈朱樸之未歸道山〉。在十六年後讀之，不禁感慨，感慨之餘，又覺得很有趣。這個朱樸之就是在香港寫書畫文章的賞鑑家朱省齋。他是無錫人，名樸，字樸之，又號樸園，一九四八年後到了香港才取省齋為號。（幾個月前他曾為本報寫〈書畫拾零〉。）

趙天一是曹聚仁的筆名，這個時候，我和省齋，曹聚仁幾乎每天都在《南洋商報》香港辦事處見面。（東亞銀行十樓，創墾出版社亦附設其中）曹聚仁先生那篇文章說：

> 王新命近談新人社舊友，從孫寒冰、陳白虛、趙南公、曹靖華、吳芳吉、王靖說到朱樸之，而且說朱樸之已歸道山。樸之昨天讀到這段文字，不禁莞爾而笑：「朋舊零落，

樸之幸而未歸道山，亦已垂垂老矣！」樸之一直就在香港，做鑑賞書畫似雅非誰的買賣。……近兩年多居日本。……朋友們公意，暫時不讓他歸道山，為塵世間多留一點鴻爪云云。（世變之餘，不獨大陸與台北的音訊十分隔膜，連港台之間，消息也不十分靈通，海外東坡之謠，已數見不鮮矣）提起樸之往事，他是天馬會會員之一。張緒當年，翩翩風度，最合佳人的心懷。他的第一位太太，乃是上海麥加利銀行華經理的千金，嫁奩卅萬，（案：此說有些未合事實，記得省齋有文辨正）西湖上還有別墅一所。因此，他研究藝術，搜集古董，周遊世界，可以稱心如意。後來，那位手面很闊的太太「歸了道山」（一笑）；繼配梁小姐，那是風雅世家，她的父親梁眾異，便是閩中有名的詩人。這麼一來，夫唱婦隨，更是在藝術圈中打觔斗。樸之，可說是逐漸琢磨起來的斌玉，他的藝術修養，夠得上做一個高級鑑賞家的。假使世界不這麼動亂，柴米油鹽不這麼迫人，他大可以在那個世界中優哉游哉的。而今，頭童禿髮，不堪回首憶當年了。（《新生晚報》一九五四或五五年八月十二日。我在這張剪報上只寫八月十二日，沒有寫年份，後來詳查一下，乃一九五四或五五也。」

案：省齋不止沒有「歸道山」，而且還精神奕奕，老當益壯，一個月前才從日本遊覽歸來。他今年已六十九歲了，明年便是古稀之年；而那個王新命，卻早已在六七年前死在台灣了。

我和省齋相識最久，遠在一九二九年在倫敦就時相見面，但沒有什麼交情。一九三〇年我從英國回上海一轉，在十四姊家中又和他相值，原來那時候他正避難在租界裡，住在我姊姊處。那天他還約了史沫特萊女士來吃茶，我和她談了兩個多鐘頭。自此之後，就沒有和他見面，一直到一九五四年在香港又從新訂交。至於那個王新命，也是我的舊同事，一九三九年他在香港的《國民日報》做主筆，我做編輯，共事六個月，我離開該報後，就很少和他來往。

讀了上文，我才恍然大悟這位「文如」原來就是老友高伯雨的筆名。

以上所說種種，都是舊事重提，有的是確的，有的是不確的。例如聚仁說我是天馬會會員，先岳是上海麥加利銀行華經理，先室的嫁奩有卅萬；這些都非事實。又省齋是我上海樸園時代的齋名，我由北京來港是一九四七年，並非一九四八年。還有講到先室沈夫人，她雖出身於豪華之家，可是她並非「手面很闊」，倒是一個持家非常節儉之典型的賢妻良母。至於伯雨所說的關於史沫特萊女士一節倒是的確的，而且非常之祕密，因為她那時正寓居於上海法租界霞飛路西的一層公寓內，我們不但是「打倒獨裁」的同志，並且是好抽香煙好喝咖啡的同志。所以，我常常是她寓所裡的座上客，我一到她那裡她總是親手煮咖啡給我喝的。那時候她和孫中山夫人宋慶齡女士來往得非常親密，她曾屢次說要為我介紹，可是因為不久我就離開上海到香港來了，卒未如願。

我少時對於國事的確有一番極大的「抱負」的，可是後來歷經世變，才知道人心之險惡與難測，灰心之餘，遂寄情於書畫的。二十年來，見聞不少，雖自己覺得對於此道的確略有所得，可是，國內自張蔥玉、葉遐庵、吳湖帆三氏之逝，區區捫心自問，連做廖化的資格還不夠，遑論其他？

但是，另一方面，我最近看到了台灣當局舉行的一個所謂「中國古畫討論會」的全部文件，它所鄭重其事邀請的一百多個「中外專家」所發表的偉論中，竟有說宋代的夏圭並無其人並無其畫者！這樣的荒誕不經，幼稚無聊，而竟自命為研究中國古畫的專家！而竟被台灣當局謙恭下士的邀請出席！更奇怪的，為什麼那位所謂「國畫大師」的竟噤若寒蟬而不挺身出來加以反駁呢？據我所聞，他這次應邀，其目的並不在什麼討論中國古畫，事實上他帶了兩大箱的所謂中國「古畫」，暗中向各代表兜售，希望大有所獲！結果，他果然如願以償了，所以，他就神氣活現的，大吹大擂的到紐約去住美金九十八元一天的醫院毫不在乎了。

我雖然並不是一個悲觀主義者，但是鑒於目前一般人性之不存，人格的破產，道德的淪亡，廉恥的喪盡，不能不感到所謂世界末日之先兆了。

閑話少說，言歸正傳。一九五五年，王新命在台灣出版了《新聞圈裡四十年》一書，裡面記述三十六年前（現在算起來是五十一年前了）的往事，其中有一段是關於孫寒冰的，從他入「新人社」起一直到他最後在重慶北碚殉難時止，相當詳盡。因為我是寒冰的摯友，所以他末了也帶了我一筆曰：「此外，聽說朱樸也已歸道山，不能不感慨系之」！

當時聚仁先看到此書，他拿來給我看，我起先哈哈大笑，後來仔細想想，倒真的也不能不感慨系之了！隨即於該年九月一日在《熱風》半月刊第四十八期中寫了一篇〈已歸道山——悼念摯友孫寒冰〉，發表了一些感想。文首並錄引韓愈的「所謂天者誠難測，而神者誠難明矣！所謂理者不可推，而壽者不可知矣！」兩句頗含哲理的名句以為開頭。寫了以後，覺得意猶未盡，於是接著又在《熱風》第四十九期中寫了一篇〈自擬『墓誌銘』〉以為解嘲。文首又錄引張宗子題像一則如左：

功名耶落室，富貴耶做夢，忠臣耶怕痛，鋤頭耶怕重，著書三十年耶而僅堪覆甕；之人耶有用沒用？

這簡直十十足足的天造地設的好像形容區區的過去一樣，我非常欣賞。我的那篇文字居然當時給《上海日報》轉載，讚許為「好文章」，真使我慚愧萬分。

說到這裡，倒令我想起了另一件趣事來了。

一九六七年春天，是英國蒙哥馬萊元帥八十歲的生辰，全世界各國的朋友，都紛紛以函電致賀。事後，他的一個好朋友問他，他所接到的函電中以那一件為他所最欣賞而感興趣。他答道，有一個九歲的小孩子名傑克的寫信寄到他的家裡，其文如下：

親愛的蒙帥：

我以為你已經死了！我的爸爸告訴我說你還沒有死，但是恐怕不久也就要死了。請你趕快寄給我你的親筆簽字一張吧。

你的忠實的傑克上。」

據蒙帥說，這個小孩子很週到，信內附了一個空信封，並且還貼上了郵票。所以，他收到該函後就欣然立即寫了一封親筆信覆了他。

蒙帥又說，這個小孩子膽大心細，將來是很有前途的。

這一段新聞是登載於一九六七年四月十二日本港的英文《南華早報》的，同時並刊載了蒙帥的照片，可見該報的編輯也認為此事很有趣呢。（我因亦有同感，所以特地把它剪貼留存，有時且常常拿出來讀讀作會心之一笑的。）

還有，在〈金冬心自寫真題記〉中有一則曰：

「十年前臥疾江鄉，吾友鄭進士板橋宰濰縣，聞余捐世，服緦麻設位而哭。沈上房仲道赴東萊，乃云：冬心先生雖攖二豎，至今無恙也；板橋始破涕改容，千里致書慰問。余感其生死不渝，賦詩報謝之。近板橋解組，余復出遊，嘗相見廣陵僧廬，余仿昔人自為寫真寄板橋。板橋擅墨竹，絕似文湖州，乞畫一枝洗我滿面塵土可乎？」

後來冬心於乾隆二十八年癸未（一七六三）卒於楊州僧舍，年七十七歲。板橋則於乾隆三十年乙酉（一七六五）歸道山，年七十三歲。

本來，「死生有命，富貴在天」，誰也不會事先知道的。尼采嘗說道：「許多人死得太遲了，有些人又死得太早了！」這是一點也不錯的鐵的事實。所以，對於生死這個問題，一切宜聽其順乎自然，泰然處之，千萬不要看得太過嚴重。曹孟德說得最曠達：「對酒當歌，人生幾何？」鄙人雖不善飲酒，但是喝咖啡也可以勉強算得是一樣的了吧？一笑。

知堂老人、沈啟旡、片岡鐵兵

成仲恩（鮑耀明）

抗戰時期，北大校長蔣夢麟希望知堂老人留在北京，曾對他說：「你不要走，你跟日本人關係比較深，不走，可以保存這個學校的一些圖書和設備。」於是，他果然沒有走。在當時的惡劣環境中，他以他的方式，不斷作消極抵抗。有一次，一個日本人到北大來講中日文化合作。知堂老人能講很好的日語，那天，他便跟日本人說：「談到中日文化合作，我沒有看見日本人的文化，我卻看見你們的武化。你們都是帶著槍炮來的，那裡有文化，只有武化。」日本人也沒有法子駁他。

戰時紅透半邊天的日本作家片岡鐵兵，受軍閥唆使，在所謂「第二屆大東亞文學者決戰會議」（一九四三年八月二十五－二十七日）席上，因知堂老人拒絕出席，便借題對他展開猛烈抨擊。片岡大肆咆哮：「⋯作為敵人之一，此刻我想特別提出來的，就是那個和平地區的反動老作家了⋯倘若我們指出他是一個利用最消極的表現，思想和動作，與諸君和我們的思想為敵的老作家，會不會誣罔了他呢？⋯那個老作家絲毫不考慮今天的中國在怎麼一種歷史上呼吸著？置身於怎麼樣的世界情勢之中，單獨在那兒玩弄他那魅惑的表現，暗中嗤笑諸君，對新中國的建設，不願盡半點力量。他已經是橫亙諸君和我們前面的一個障礙物，同時也是一個積極的妨害份子……」

針對這些惡罵，知堂老人寫了〈關於老作家〉，予以還擊，現在錄在下面，也可以看作是老人的一種抵抗吧。

去年（一九四三年）秋天，聽人傳說東亞文學者大會時，有片罔鐵兵演說，應當打倒中國老作家，當時我也並不在意，反正被罵的並不是我，因為我不是什麼作家，至於老乃是時間的關係，人人都要老的，更不是我個人的事了。所以雖然有張我軍、徐白林幾個朋友曾經在場，卻不曾打聽詳細的情形，究竟那演說是怎麼說的。

去年冬天，在「中華日報」上看見胡蘭成先生的文章，起首云，「聽朋友說起，片岡鐵兵新近在一個什麼會議上提議，對於中國某老作家，有甚高地位，而只玩玩無聊小品，不與時代合拍，應予以打擊云。據說是指的周作人」。此文近已收入「文壇史料」，甚易查考。我看了心裡想，那麼真是挨了罵了，也是活該。當初覺得好笑，可是漸漸的懷疑起來了。片岡鐵兵怎麼會知道中國有一個某老作家，他是玩的什麼無聊小品。老實說，中國現代文學的情形，各作者各作品的高下，除了絕少數的篤實的支那學者以外，日本人是不會懂得的。特別是專致力於創作的文人，他不會說中國話，沒有讀過一冊某作家的原書，如何能知道這所玩的是小品大品，或者這作品是有聊無聊呢。至於關於我個人的事，我是很有點見慣了，倒並不覺得有什麼關係。這至少總還在十年以前，左派文人開始攻擊，即以無聊小品為名，其實他們也是同樣的並沒有讀，讀了也不會懂。左派的攻擊雖然不能說歡迎，我卻是諒解的。因為他們的立場須得這樣做才對，如不攻擊便有點不像左派了。不過他們實在也並不懂，這可以說是第二種的諒解。我在有一個時期，曾經亂寫文章，似乎是無所不知的樣子，後來卻隨即省悟了，聲明不敢以不知為知，對於許多問題都不再涉筆，謹慎至今，但是自己以為是略有所知的事情則還是時時談說，而且還自信所說大都是有意義的。我不會創作，不是文士，但時常寫文章，也頗想寫為文章而寫的文章，而其結果還多是為意義而寫的，不討人喜歡的憂生憫亂的文字。思想與感情不敢一點有虛假，知識則盡我所有的雜學的收獲，雜則不專，但亦因此而不狹隘，文雖不行，意有可取，鄙人平時主張謙遜，唯現在係說實話，此時若再謙便是不實矣。總之我所寫的不知是大品小品，都是有意義的東西，凡對於中國與中國人之運命有關心的人應無不能了知此意，若意見相合與否自然是別一問題，至於不讀或不懂，或外國人，或奉外國主義的份子，加以不理或反對，那又是當然的事，無須奇怪的了。這樣說來，片岡鐵兵之提議也是可以原諒，我所覺得有點奇怪的，只是這個意見他是從那裡得來的。片岡鐵兵似乎未曾遍讀老作家的作品，何從知道應該打倒，那麼這種主張必是另有來源的了。這來源是怎樣的呢？推想起來或當如此，即片岡鐵兵得之於某甲，而某甲得之於中國人某乙，是也。

今年春天，偶然看見一張印刷品，題曰《文筆》，頭一篇是童陀的文章，竭力攻擊老作家。妙哉妙哉，忽然得了一個大發見。上邊所說某甲某乙的傳授，原是假定的，現在卻已證明了一半，因為這位童陀即是某乙也。某乙該文目的在於攻擊《藝文雜誌》及其老作家。《藝文》裡寫文章的所謂老作家有誰呢，除了鄙人和錢稻孫再沒有第三個人了。某乙既然公開的作文攻擊老作家，那麼授意片岡鐵兵的中國人當然是他無疑，雖然中間傳達情形未曾查明，實在也已不必查考，反正不關緊要。某乙到底是什麼人呢？某乙化名童陀，上文已經說過，至於其真實姓名，說也慚愧，他乃是我的小徒，姓沈名楊的便是。沈楊本來也只是我三十年來濫竽教書，在我教室裡坐過的數千學生中之一名而已，為什麼稱作小徒的呢？我自己知道所有的單是我的常識與雜學，別無專門，因此可以寫文，卻不宜於教書，我曾教過希臘羅馬歐洲文學史，日本江戶文學，中國六朝散文，佛典文學，明清文。我講了學生聽了之後便各走散，我固無所授，人家亦無所受，但以此因緣後來也有漸漸來往的，成為朋友關係，不能再說是師徒了。沈楊則可以算是例外。他所弄的國文學一直沒有出於我的圈子之外，有如木工教徒弟，學了些粗家具的製造法，假如他自己發展去造房屋，或改做小器作，那麼可以說是分了行，彼此平等相待，否則還在用了師父的手法與傢伙做那些粗活，當然只好仍認為老木工的徒弟。依照日本學界的慣例，不假作謙虛的說一句話，我乃是沈楊的恩師。別的可以不說，總之這回我遇見沈楊對於他的恩師如此舉動，不免有點少見多怪，但是事實已如此，沒有什麼辦法，只好不敢再認為門徒吧了。我自己自然也不能沒有錯處，第一是知人不明，第二是不該是個老作家，雖我只可承認老，並不曾承認自己是所謂作家。

這裡我記起一件事來了。民國廿八年元旦，忽然有不知那裡來的暴徒來襲擊，沈楊，那時已改名沈啟旡，來賀年正在座，站起來說，我是客，左胸也被打一槍，無故連累，在我是覺得很是抱歉的。後來慢慢傳言沈某因救我而受傷，去年夏天沈楊寄來一張南京《中報》，記其在中央大學講演的事，有此說法，我看了隨即寄還。不久在北京《東亞新報》上也說沈某保護我以致受傷，我寫了一封半更正的信去，說當時沈君在座，殃及池魚，甚為抱歉，至於因欲逮捕暴徒而受害者，近地車夫二人，一死一傷，皆在院子內。《東亞新報》在來函照登之後又寫了一篇說明，重要的意思是說，救護云云是想當然的話，因為以日本人的道德觀念來想是應當如此情形。我所說想起來的便是這一件事。日本人的道德以為弟子當然救助恩師的危難，這是很高的理想，我們降下來說，免禍也是人情，無可非難的，所以上邊的話除了我單獨對故友錢玄同說過，他又告訴故繆金源以外，直至近頃無人知道。我們的理想實在已經放得很低，無非只是希望徒弟不要吃師父而已。現在似乎事實上已不容易希望到，日本的朋友聞之感歎更將如何。片岡鐵兵打倒中國老作家的提議不知來源究竟何在，假使真是輾轉聽了沈楊的意見，有此表示，與《東亞新報》所說相對照，其亦不免多有未安歟。

民國三十三年三月十二日

知堂老人一九六一年七月三十一日來信，對沈啟无「破門」（逐出宗門意）事，有所述及，附誌於下：

耀明先生：

日前寄舊稿一卷之外，併寄呈「書信」一冊，其中有致平伯廢名之短信若干，可請一覽。二君近雖不常通信，唯交情故如舊，尚有一人則早已絕交（簡直是「破門」了），即沈啟无是也。其人為燕京大學出身，其後因為與日本「文學報國會」勾結，以我不肯與該會合作，攻擊我為反動，乃十足之「中山狼」，但事情早已過去，只因「書信」尚有舊跡，故略說明之耳。此請

近安

作人　啟

七·卅一

附錄：《大華》雜誌全套五十五期總目錄

第一期

第二期

第三期

第四期

第五期

第六期

第七、八期合刊

第九期

第十期

第十一期

第十二期

第十三期

第十四期

第十五期

第十六期

第十七期

第十八期

第十九期

第二十期

第廿一期

第廿二期

第廿三期

第廿四期

第廿五期

第廿六期

第廿七期

第廿八期

第廿九期

第三十期

第三十一期

第三十二期

第三十三期

第三十四期

第三十五期

第三十六期

第三十七期

第三十八期

第三十九期

第四十期

第四十一期

第四十二期

復刊號　第一卷第三期（總四十五號）

復刊號　第一卷第四期（總四十六號）

復刊號　第一卷第五期（總四十七號）

復刊號　第一卷第六期（總四十八號）

復刊號　第一卷第七期（總四十九號）

復刊號　第一卷第八期（總五十號）

復刊號　第一卷第九期（總五十一號）

復刊號　第一卷第十期（總五十二號）

復刊號　第一卷第十一期（總五十三號）

復刊號 第一卷第十二期（總五十四號）

復刊號 第二卷第一期（總五十五號）

《光化》【全套2冊不分售】

原發行者：光化出版社；原刊主編：江石江

定價：6,000元

收錄原月刊共6期，是抗戰勝利前夕難得一見的文學期刊，由中共地下黨所支持，在當時淪陷區的刊物而言，是頗具份量的。作者包括陶晶孫、丁諦、楊絢霄、柳雨生、紀果庵等人，皆是當時赫赫有名的作家，極具研究及收藏價值。

《大華》【全套5冊不分售】

原出版社：大華出版社；原刊主編：高伯雨

定價：20,000元

收錄原雜誌共55期，掌故大家高伯雨所創辦的雜誌，內容可分：掌故、人物、藝術戲劇、政海軼聞、生活回憶、文物、詩聯和雜文等類，是同類雜誌中的上品。由於高伯雨深知掌故，自己也寫掌故，現在編掌故，自然知道如何取捨，在內容上有相當高的史料價值。

《自由人》【全套20冊不分售】

定價：50,000元

本套書為市面上唯一完整收集，收錄從四十年三月七日發行，到四十八年九月十三日停刊，維持約八年餘的三日刊。文章精彩，內容多元，析論入理，頗受當時臺灣以及海外，尤其是美國華僑的注意，極具研究及收藏價值。

史地傳記類　PC0990　讀歷史126

《大華》雜誌精選

原出版社 / 大華出版社
導　　讀 / 蔡登山
責任編輯 / 石書豪
圖文排版 / 周好靜
封面設計 / 王嵩賀

發 行 人 / 宋政坤
法律顧問 / 毛國樑　律師
出版發行 / 秀威資訊科技股份有限公司
114台北市內湖區瑞光路76巷65號1樓
電話：+886-2-2796-3638　傳真：+886-2-2796-1377
http://www.showwe.com.tw
劃撥帳號 / 19563868　戶名：秀威資訊科技股份有限公司
讀者服務信箱：service@showwe.com.tw
展售門市 / 國家書店（松江門市）
104台北市中山區松江路209號1樓
電話：+886-2-2518-0207　傳真：+886-2-2518-0778
網路訂購 / 秀威網路書店：https://store.showwe.tw
國家網路書店：https://www.govbooks.com.tw

2020年11月　BOD一版
定價：120元

國家圖書館出版品預行編目

<<大華>>雜誌精選 / 蔡登山導讀. -- 一版. -- 臺北市 : 秀威資訊科技股份有限公司, 2020.11

面； 公分. -- (史地傳記類 ; PC0990) (讀歷史 ; 126)

BOD版

ISBN 978-986-326-867-3(平裝)

830.8 109017136

讀者回函卡

感謝您購買本書，為提升服務品質，請填妥以下資料，將讀者回函卡直接寄回或傳真本公司，收到您的寶貴意見後，我們會收藏記錄及檢討，謝謝！如您需要了解本公司最新出版書目、購書優惠或企劃活動，歡迎您上網查詢或下載相關資料：http:// www.showwe.com.tw

您購買的書名：____________________

出生日期：________年________月________日

學歷：□高中（含）以下　□大專　□研究所（含）以上

職業：□製造業　□金融業　□資訊業　□軍警　□傳播業　□自由業

　　　□服務業　□公務員　□教職　□學生　□家管　□其它_____

購書地點：□網路書店　□實體書店　□書展　□郵購　□贈閱　□其他

您從何得知本書的消息？

□網路書店　□實體書店　□網路搜尋　□電子報　□書訊　□雜誌

□傳播媒體　□親友推薦　□網站推薦　□部落格　□其他__________

您對本書的評價：（請填代號　1.非常滿意　2.滿意　3.尚可　4.再改進）

封面設計____　版面編排____　內容____　文／譯筆____　價格____

讀完書後您覺得：

□很有收穫　□有收穫　□收穫不多　□沒收穫

對我們的建議：____________________

____

____

____

請貼
郵票

11466
台北市內湖區瑞光路 76 巷 65 號 1 樓

秀威資訊科技股份有限公司 收

BOD 數位出版事業部

……………………………………………………………………………………

（請沿線對折寄回，謝謝！）

姓　　名：＿＿＿＿＿＿＿＿＿＿　年齡：＿＿＿＿　性別：□女　□男

郵遞區號：□□□□□

地　　址：＿＿＿＿＿＿＿＿＿＿＿＿＿＿＿＿＿＿＿＿＿＿＿＿

聯絡電話：（日）＿＿＿＿＿＿＿＿＿＿＿＿（夜）＿＿＿＿＿＿＿＿＿＿＿＿

E-mail：＿＿＿＿＿＿＿＿＿＿＿＿＿＿＿＿＿＿＿＿＿＿＿＿